El Mito de Navidad

Murielle Lucie Clément

El Mito de Navidad

MLC

Del mismo autor

Crime à l'université
Lettres de Sibérie
Comment devenir proustien sans lire Proust
La fabuleuse histoire d'Amsterdam et des Pays-Bas

Editions MLC
Le Montet – 36340 Cluis

© MLC 2015
ISBN : 978-2374320175
Depósito legal : Noviembre 2015

A Usted

Prólogo

Después de un seminario de ópera que daba
para los presos en la Casa de Detención en
Hauts de Seine he sentido la necesidad
imperiosa de escribir esta recopilación de
relatos en torno a la Navidad.

Habíamos trabajado una semana sobre
Carmen de Bizet y la presentación de nuestros
esfuerzos había tenido lugar el 24 de
diciembre en la tarde. Cuando nos
separabamos, la idea se me ocurrió. No sólo
el dejar seres humanos detrás de las rejas y los
barrotes, sino también el deber soportar las

futilidades de una Cena de Nochebuena entre extranjeros completamente desconocidos para mi, se me hacía doloroso. A pesar del calor y la comprensión que emanaban de los comensales, me sentía más cerca de aquellos con los que acababa de compartir tantas emociones y música. Para colmo de desgracia, las noticias en la televisión informaban la historia de un secuestro de avión, la Nochebuena era asolada por una tormenta destructiva.

El regreso a mi apartamento en Amsterdam estuvo marcado de una pesada desolación poblada de los recuerdos de Navidad incómodos. Mientras que el pozo negro de la creación me tragaba brutalmente y después de haber desconectado el teléfono, aislada en mi alcoba, me absorbía en la escritura de lo que iba a pasar a ser *Trece Navidades*. Planeaba doce relatos. Ellos nacieron en menos de dos semanas durante las que escribía sin descanso, durmiéndome de vez en cuando por una hora o dos para volver a coger mi pluma al despertar. Acabada la tarea, contaba trece. ¡Que se me ahorre el tener que declarar cómo eso se produjo! ¡¡No sabría decirlo!! Repentinamente estaban allí, cada uno de ellos representando una de esas Navidades que me había sido dado vivir. Todos llevan este núcleo de verdad indispensable a toda expresión. Salidos de los meandros de los recuerdos, son un homenaje a la generosidad de aquellos que he tenido el honor de cruzar por el camino de la vida, un testimonio de su lucha por la existencia. ¿Éxito? ¿Fracaso? ¡Que ésta no haya sido en vano!

Una vez terminada la recopilación, la fuerza de los relatos pareció evidente. Algunos amigos me incitaron a buscar a un editor.

¿Por qué haber traducido el manuscrito en cinco idiomas? ¡Para hacer un libro único que pueda leerse simultáneamente en el mundo entero! Por que en el siglo XXI la Europa se forma y nos sentimos en el deber de comunicarnos al mismo tiempo para evitar la catástrofe planetaria que nos amenaza si nos descuidamos de hacerlo. Por eso los idiomas nos son indispensables.

Esta recopilación está lejos de ser la última solución a los problemas mundiales, pero es una piedra para la edificación del puente que debemos hacer sobre la zanja que nos separa los unos de los otros. Navidad debe ser una fiesta de compartir, intentémos recordarlo.

Murielle Lucie Clément

Ave Maria

   _"Amén." lanza la congregación de
sacerdotes en eco envueltos en sus casullas
marfil sobre una falda carmesí. Alineados
prudentemente en las sillas de paja, los
zapatos pulidos, uno contra otro, planos sobre
el _"Amén." lanza la congregación de
sacerdotes en eco envueltos en sus casullas
marfil sobre una falda carmesí. Alineados
prudentemente en las sillas de paja, los
zapatos pulidos, uno contra otro, planos sobre
el suelo, las manos inmóviles sobre las
rodillas, la espalda bien derecha, la barbilla
recién afeitada, la mirada clara, los cabellos

brillantes, respirando apenas; ellos no quitan la vista al arzobispo que ha venido a celebrar la misa de Navidad.

_"Dominus Sanctus." Reza este último con su voz sombría.

_"Amén." es respondido por una sola voz atenta.

Incalculables, los exuberantes cirios difunden una luz suave que acaricia los frescos en los pequeños recovecos sombríos. Los rojos y los azules degradados se agitan en las mangas aireadas de túnicas amplias como las velas de fragatas de donde se escapan, traviesos, graciosos pies regordetes con menudos dedos. Iluminados de sonrisas interiores, encuadrados de cabelleras donde abundan cintas salvajes, las caras de juventud exhiben su mirada lánguida plena de conmiseración. "Amén.", parecen murmurar sus labios delicadamente bordeados de carmín. El oro del cual el brillo tornasola en la penumbre, deja suponer un mundo de abundancia y de alegría.

_"Ave María." Una voz de ángel se despierta. Pura ella se lanza al asalto de las ojivas, se envuelve tiernamente en torno a los pilares rechonchos; mimosa, se incrusta en los incensarios , rebota engatusadora sobre los mármoles fríos.

-"Gratia plena." Una a una ella desgrana una serie de sílabas místicas. Bajo la bóveda donde reina un silencio sagrado, los pétalos de la lámpara suspendida se entrechocan imperceptiblemente, lo asisten igualmente sus notas cristalinas.

_"Dominus Tecum." modula la solista virginal. Su timbre efectúa fácilmente las permutaciones de vocales, cada una de ellas siendo cincelada con amor y precisión. La acústica las replica, de bóveda en bóveda, hasta las capillas absidales.

_"Benedicta tu." En torno a ella, el coro comienza a plena voz la contraparte, mientras que en la nave central, los creyentes salmodean en un susurro apenas audible.

_"In mulieribus." murmura el coro de niños vibrando en la nave central. "Cantabile." les ha repetido incansablemente su director llevando el compás formando un círculo con el brazo. "Cantabile." resuena en su registro hechizando como un chorrillo de manantial sobre el musgo en el fondo del bosque. La fluidez de su emisión, cascada en trinos efímeros, inunda el edificio de una claridad divina que se derrama en caricias susurrantes a los pies de las bóvedas esculpidas.

_"Et benedictus fructus." canto de un único acento, temblando por la afinación buscada, de la asamblea reunida en un devoto ardor. El zumbido del órgano se transporta con una piedad calurosa hacia el Señor Crucificado. En el claroscuro de un diáfano rayo irradiado, la cruz resplandece con un brillo refringente, reverbera en reflejos difusos una proliferación de centelleos temblorosos. La cabeza inclinada sobre el hombro, lejos las palmas sangrientas, muy lejos del busto, a la extremidad de los brazos estirados, Él sostiene con pena su cuerpo mutilado, cubierto con el paño de plata. El Salvador cruza los pies atados, por una cuerdecilla, a los tobillos. La frente curvada coronada con espinas de diamante, Él llora lágrimas bermejas, de esmeralda y sangre.

_"Ventris tui." Las gargantas cantan melancólicamente sus últimos trinos, atraviesa una última llamada que marcha al alba, seducida por los vitrales. Las plumas erizadas de una tórtola somnolienta subrayan con un resoplido discreto el silencio supremo. Insensiblemente, las volutas de la música se disipan en una niebla de incienso. Amén.

El crujir de las sillas empujadas con descuido sobre el embaldosado devuelve los fieles al suelo. Sus suelas furtivas frotan el gran tablero negro y blanco, los llevan inexorablemente hacia el marco del pórtico de grandes batientes abiertos. Sobre un fondo de azul vivo, generado por el cielo y el mar mezclados, sus siluetas se agitan en sombras mágicas. Semicegados por la luminosidad súbita, se demoran en la plaza con sus adornos de fiesta. Peinadas de rígidos turbantes de almidón, las mujeres enarbolan triunfalmente tenidas resplande-cientes de un marfil opalino, les azotan en las pantorrillas una multitud de enaguas con vuelos cuyos frufrus exacerban el deseo de los hombres, ellos también, de blanco vestidos. Ramos olorosos de lirios amarillo pálido se amontonan en los brazos sobrecargados, combinando su fragancia con las coronas de rosas trenzadas. Las risas estallan, los dedos se enlazan, los ojos se provocan, prometiendo verse de nuevo después de la ceremonia. Un estremecimiento recorre los seres. El obispo y el solista salen de la iglesia. Ellos conversan en voz baja. Se dan la vuelta, vacilan, dan aún algunos pasos. Ambos se inmovilizan un instante, párpadean con la claridad encontrada. Luego la virgen es conducida a saludar la luz. Alzada sobre un estrado de madera es llevada en los brazos de los hombres, revestida de sus más bonitos atavíos, ella domina a la muchedumbre que se persigna religiosamente. Los tambores regulares se sacuden con un ritmo que ensordece. Sumisa, sin dificultad, la procesión se mueve, toma el camino del Pelourino. Es con el sonido de la samba con que María hace la vuelta del viejo barrio. Los que no la siguen, le arrojan ofrendas de flores sobre su paso, otros le lanzan besos, todos le rinden homenaje respetuosamente.

El día ha avanzado, el calor se ha apoderado de las piedras temblorosas al unísono de la gran caja. Un triángulo, percute incansablemente los fuertes tiempos, mientras que los palillos maltratan frenéticamente las tensas pieles secas. Los tacones martillean con ritmo los adoquines redondeados como

calvos cráneos de recién nacidos. Las mujeres
entorpecidas con el vapor se limpian riéndose,
maldiciendo los charoles embetunados de sus
nuevos zapatos. Una se atreve, la primera, a
liberarse de la molestia, pronto es imitada por
sus compañeras que prefieren los pies
desnudos al decoro de la fiesta. El sudor
gotea en las frentes, aureolea las axilas. Aún
un pequeño esfuerzo y María satisfecha
volverá un año más al frescor de su sagrario.
El desfile se afianza, se agarra, acomete la
cuesta y, en una convulsión hipante, se coloca
sobre los peldaños que conducen a la Basílica.
Terminado el trabajo molesto inevitable,
todos se precipitan liberados en la nave
abierta, se reparten sin vergüenza sobre las
sillas de mimbre. Algunos se abanican con
un misal, otros cogen sus ropas por debajo de
los brazos, separándolas de la piel con el

pulgar y el índice, retorciéndose para obtener un poco de aire. Respiran ruidosamente, estimulados por el deber cumplido.

María, engalanada con sus collares, descansa en su zócalo dorado. Los campanarios se desatan, tirados al vuelo por algunos voluntarios suspendidos de las cuerdas. Tranquilamente, en pequeños grupos, los creyentes se divierten, dirigiendose hacia la zona, hacia el centro de la ciudad, muchos hacia Mercado Modelo, el puerto donde restaurantes los invitan. Ellos decorticaran las jaibas bermellón con patas gigantes, probarán las patitas de cerdo con judías marrones, la corteza del tocino de cerdo al azafrán, servidos con arroz, se chuparan los dedos con los fricasés de carne de vaca con harina de mandioca. Algunas parejas se forman. Ellas tienen otros apetitos.

Navidad Blanca

La extensa lactescente destellea bajo el cielo sin nubes, nivelando todas las asperezas del paisaje, los envuelve de un algodón suave a los reflejos azulados, rosas en algunas partes. Los troncos de los jóvenes abedules, aquellos que han permanecido en pie para el próximo corte, desaparece de la vista, se funden en el decorado ambiente. En cuanto a los viejos árboles, cortados, amontonados en pila, colocados en tresbolillo, son montículos inmaculados, en la cumbre de los cuales solamente las urracas y las cornejas se aventuran.

La espalda vuelta al bosque, Micha se impregna resplandeciendose de esta visión invernal, de esta pureza salvaje de los discursos grandilocuentes. El aire inmóvil le rodea de una burbuja de vidrio líquida que se mueve a merced de sus movimientos, cristal a través del cual se transparenta la línea del horizonte lejano, allí donde de vez en cuando se perfila la silueta incierta de una manada de cérvidos blancos.

_"Allá, allá" canturrea Micha para sí mismo. A su derecha, inconsciente de su presencia, un zorro plateado salta inopinadamente. Se precipita en un túnel de nieve, su cola en mechón batiendo al viento. Micha le desea allá abajo buena caza. Él sabe que este tiempo es duro para todos los seres del bosque. Después de haber explorado el cielo minuciosamente, no hay duda que la tormenta amainada no volverá de nuevo al menos antes de algunos días. Por el contrario, la temperatura bajará aún varios grados. Su respiración aguijoneará sus pulmones, él sentirá sus ojos raspar los párpados, más una palabra inútil no cruzará sus labios. Se desplazará parsimoniosamente, con economía, midiendo escrupulosamente su esfuerzo, cada gesto inconsiderado pudiera ser fatal. Micha suspira. Con su trineo cargado de leños detrás él, reanuda su marcha. La nieve color malva refleja los rayos anaranjados del sol que no dormirá. De paso él levanta algunas trampas y guarda sus presas congeladas en el fondo de sus alforjas.

Centenares, quizás millares chapotean en el lodo congelado a la entrada de la barraca transformando el suelo en un patinadero fuera de temporada. Ni un rumor, ni una palabra salió de la muchedumbre andrajosa. Con una espera paciente y silenciosa, los cuerpos con las caras lívidas, los ojos exorbitados por la aprensión, aguzando el oido para conseguir el silencio. Sostenidos por la esperanza disciplinada de una ración hipotética, ellos se han colocado en una fila tortuosa, espesa, atascada. Cuando la puerta se abre finalmente, un ligero murmullo agita a los hombres y a las mujeres esqueléticos. La vista del comandante les produce un estremecimiento fugaz incontrolable. ¿De temor o de esperanza? Nadie lo sabría decir con certeza. La cara aprisionada entre el cuello y la gorra de lobo, los ojos se fijan en la masa humana sin verla. Con un rictus de menosprecio que exuda a la esquina de la boca, sus incisivos de oro entrecortan el mensaje fatídico.

_"¡No hay suministro! ¡Ni hoy, ni mañana!."

Las palabras vuelan, rozando los cuerpos mal nutridos. La tensión que había alcanzado su paroxismo con la aparición del oficial se escapa de la muchedumbre. Un largo suspiro de desaliento la priva de toda emoción. Un globo ha estallado. Ellos ayunarán para Navidad.

Mientras tanto, en la extremidad del campo, en un ángulo reguardado del viento y de las miradas atentas, Micha sopla un fuego. Sobre las brasas enrojecidas por las llamas, empalado sobre un pequeño asador de acero, una rata desollada se cocina suavemente.

El árbol de Navidad

Emboscado en el fondo de las nubes, el tiempo desapacible permanece a la espera de un indicio que le permita manifestarse. Acecha la brisa ligera, dispuesta a acometer con un chubasco en el momento que ella se dormirá. Protegida detrás del gran ventanal de la mansión, Bernadette, muy ocupada cerca de la chimenea, espera impacientemente a su hijo menor, Sylvain. Hoy, con su nueva novia, él debe venir a compartir la Cena de Navidad. Habría preferido que él estuviese presente en el Cena de Nochebuena, tenerlo cerca de ella, pero ha comprendido que la única manera de no alienarse completamente, era dejarlo libre. Ayer, por la primera vez desde que sus hijos nacieron, ha debido satisfacerse con la presencia de su hijo mayor. Aunque ella no haya dejado nada traslucir, la separación le ha pesado. Más aún cuando delante de su nuera, una polaca, quien obviamente ha echado el ojo sobre Oliver para resolver sus problemas de visado, esta siempre obligada a mostrar dominio de si misma. Queda claro que si los papeles de Aliona hubieran estado en regla, no habría habido matrimonio. Tampoco suegra para Oliver. Al menos no inmediatamente, no oficialmente y, ella, Bernadette, habría podido evitar frecuentar a esta vieja brusca, repelente, con quien no puede intercambiar tres palabras. De todas formas, con la madre de Aliona es imposible vivir. Siempre reprobando a su hija, desmoralizandola y lo peor, que Bernadette soporta dificilmente, sin cesar de hacer reflexiones descorteses con respecto a Oliver, observaciones que, por otra parte, Aliona se apresura a informarselas sin falta, íntegramente. Desde luego, es cierto que Oliver no es de hecho bien organizado, es músico de jazz; para los artistas, la vida puede ser difícil. Sin embargo, cree en su talento; desde su más joven edad, le ha sostenido siempre. Está segura que en un día próximo, él se abrirá camino, será muy capaz de sostenerse de pie. Pavla, la madre de Aliona, le echa en cara quedarse en cama toda la mañana. Bernadette ha bien intentado, por intermedio de Aliona, que se demuestra una traductora indispensable, explicarle que él siempre había sido así. Ya de bebé, dormía hasta el mediodía, para entrar en acción al final de la tarde. Según Pavla se trataría de una falta de disciplina, la naturaleza de un ser humano debiera someterse, por la voluntad, a la formación de la personalidad. Para Bernadette el asunto era claro: su teoría se apoyaba en el antiguo régimen. A pesar de eso, no hablando una palabra de polaco y Pavla sabiendo muy poco francés, los debates demasiado avanzados sobre el tema pudieron evitarse hasta el presente.

Ella dispone la madera pequeña y los leños en una alternancia estudiada. Habitualmente, Sébastien se encarga de encender el fuego de la chimenea, por el instante, él ha partido a buscar a su madre quien, ella también, participará en la comida de fiesta. No es que Bernadette aprecie la vieja dama, pero como es necesario invitarla alguna vez de vez en cuando, tanto como sea esta noche, con eso ella se quitará este molesto trabajo familiar. Bernadette sonrie pensando en su marido. A ella le gusta la manera que él tiene de decirle que ella toma a mal, que las llamas no se propagarán nunca de este modo. En veinte años de matrimonio, su pareja se ha construido solidamente, los ritos sin perfidia se instalaron entre ellos, las contestaciones suaves formaron las bisagras inmutables de su felicidad. Haciendo la vuelta de la pieza, ella desolla con la mirada el joven pino al final de la meza, regalo de la madre de Aliona. Rechazar el obsequio habría estado en contra de las normas de cortesía, ella no podía tampoco pecar contra la hospitalidad. Sin embargo, siente que esta mujer se inmiscuye hábilmente en su intimidad, ¡hasta traer de Polonia un árbol de Navidad! ¡Símbolo

ridículo de su entrada en su familia! Llena de
rabia invisible, Bernadette ha comprado un
árbol de tres metros de altura. ¡Tanto peor que
fue necesario aserrarlo! Ella es la dueña de
casa. Que Pavla llama a Oliver "mi hijo", ¡no
cambiará en nada el asunto!

Ella ha conseguido hacerlo decorar por sus
dos muchachos. Un hecho que ha esbozado
con astucia en sucesivas ocasiones, en la
conversación durante la cena. A eso, Pavla
podía difícilmente responder, sobre todo que
no podía seguir el debate si Aliona fallaba,
por descuido, a sus deberes de interprete.
Bernadette hubiera querido que sus hijos
siguieran siendo pequeños o en tal caso, que
ellos crecieran sin traerle nueras o suegras. Le
habrían adornado su árbol; uno solo. Habrían
participado en la Cena de Nochebueba con los
amigos de ella, en vez de pasarlo Dios sabe

donde. En lo sucesivo, ellos estarán ausentes para las fiestas, la enfrentan a la soledad que es el destino de las parejas viejas, que viniendo acompañados de extranjeras insoportables que es necesario encuadrarlas en sus horarios.

Una gran bocanada de viento se deja caer en la pieza a la llegada de Silvain y Sabrina. Bernadette les abraza calurosamente apretándolos sobre su corazón como a los prisioneros de guerra que volvían del campo enemigo. Sabrina no ha hecho ningún esfuerzo de arreglarse. El pantalón negro desgastado en las rodillas, que ella llevaba para ir al colegio, un jersey de forma vaga con un color incierto, un maquillaje borroso alrededor de los ojos medio disimulados por las mechas desgreñadas con un aspecto dudoso. Pero lo que más apena realmente a

Bernadette, son los borceguines militares marrones, enlodados, colocados orgullosamente muy en evidencia sobre la alfombra con flores, indicando una falta de elegancia y una provocación cierta. Ella tiene la impresión de tener los dedos de los pies aplastados por las grandes suelas de la joven muchacha. Ella propone un aperitivo para ahuyentar, contener, la desaprobación que se abre camino hasta sus labios. Ofrece a elegir entre una kir a la mora y champaña, trae los vasos, las tapas. Alegre, buena comediante, ella se sienta después de haber servido a los recién llegados. Ella acepta la situación, evitará observar los zapatos.

-"Es horrible su árbol. No es de esta manera que se decora un árbol de Navidad. Hay bolas de todos los colores, las guirnaldas cuelgan ridiculamente verticales. En casa nosotros ponemos solamente las bolas blancas dispuestas en redondo y algunas bolas de un solo y mismo color. Y luego ni siquiera tienen luces eléctricas, es realmente triste." Bernadette estaba demasiado pasmada y no puede responder otra cosa que un "Ah!" débil. Animada por el silencio evidente de sus interlocutores, Sabrina reanuda con un tono apropiado:

-"Además son realmente feas las guirnaldas, muy harapientas. Observen esas cosas, allí en la esquina, ¿qué es eso? ¿de algodón? ¿muñecos de nieve? Están viejos, míseros, descoloridos. Eso no se hace ya. Además, ustedes tienen dos árboles. Se diría que vaciaron la caja de decoraciones encima, como se lo haría con el basurero. Ellos están hechos sin amor."

Antes de que Bernadette lance una objeción severa que se le viene a la mente y regañar descortésmente a la joven muchacha, y ponerla severamente en su sitio, Sébastien hace una entrada que no se puede ya más a propósito. Diplomaticamente, él empuja a su madre ante él, la hace penetrar en el salón. Nunca Bernadette ha estado tan feliz con la aparición de su suegra.

La Fortaleza Roja

George levanta la cabeza. Arriba en el cielo, las rapaces serpentean sobre la ciudad, vigilando las idas y venidas en las arterias, atentas a la menor señal que les indique una presa fácil, una pitanza posible. Plasmada por su presencia, una amenaza indecisa entorpece cada uno de sus pasos.

Al llegar al aeropuerto, todo su conocimiento del mundo, todo eso que él pensaba saber, fué barrido por la realidad relativa del instante. Incluso el bus que lo bamboleaba sobre el asfalto recalentado traspasaba su actitud. Le

habían dado el nombre del bus, pero el
vehículo era otro. Nunca él había visto uno
similar. Aunque tenía cuatro ruedas y una
carrocería, un volante, probablemente un
motor para ayudar a propulsarlo, la analogía
se detenía allí.

"Welcome to Delhi, International Arrivals."
"Welcome to Delhi." escrito en letras
mayúsculas acogedoras, contrastaba
asombrosamente con la segunda parte del
enunciado, formaba una disparidad flagrante.
"International Arrivals." A menudo había
podido leerlo en todos los confines de
Europa, ¡pero el contexto era irreconocible!
Los techos de chapa ondulada le infligían la
sorpresa de un anacronismo revelador,
colocado con descuido en el polvo ocre y
amarillento. Dos ó tres horas habían pasado
desde el instante en que él había entrado en el

edificio y el momento en que había salido.
Sin embargo, ninguna formalidad que saliese
de lo ordinario se había aplicado. Se le había
pedido enseñar su pasaporte, concediendole
dos ó tres tampones después que él había
alegado no tener nada que declarar. El
proceso era enteramente similar a Charles de
Gaulle, Leonardo da Vinci o Heathrow. Solo
la lentitud del procedimiento era
sorprendente. Su primera confrontación con
el tiempo que regulaba la ciudad había tenido
lugar.
De vuelta en el mundo libre, probó una
sensación indescriptible, desconcertante, una
curiosidad insatisfecha que le invadía.
Diciembre. Había dejado la nieve y el hielo,
las pieles y las botas detrás él. Sol, mangas
cortas, árboles en flor, bronceado saludandole,
visiones inhabituales que lo transportaban en

la intemporal y fugaz diferencia climatológica
sin remedio. Ya sea que hubiese elegido un
taxi o un rickshaw para ir a dar a su dirección,
no podía evitar los perros famélicos en busca
de restos apestosos y, sobre todo debía
consagrar el rito del soborno. El increible
dilema de la diferencia cultural le asaltaba.
Los mendigos asimismo, estaban presentes en
el encuentro. Las mujeres envueltas en los
saris de colores polvorientos que resaltaban
sus curvas en los velos púdicos, los hombres
en los harapos ancestrales de los cuales no se
podía decir si se trataba de shorts o faldas.
Pero no podía ignorarlos, todos sin excepción
tendían la mano para una limosna que él era
incapaz aún, de darles, tanto había
permanecido envarado en el yugo de sus
prácticas parisienses. Apurado, siempre
apremiado, ¡demasiado tiempo perdido en la

aduana! ¡Rápido, rápido! meterse en un coche, dar un nombre de calle, encerrarse en sus pensamientos. Sin embargo había tenido tiempo de darse cuenta de los setos florecidos de escarlata. Estaba ya hace tiene tres días. Una eternidad.

Había deambulado toda la mañana y se dejaba ahora conducir en cochecito tirado hasta Lal Qila, la fortaleza roja. Ayer por la tarde, había visitado la tumba de Gandhi, deslumbrado por los mármoles negro pulido, recubiertos de claveles de India amarillos y naranjas. La mayoría de ellos lucía en torno al cuello grandes collares de flores naturales en guirnalda que rayaban como relámpagos sus trajes inmaculados en algodón impecablemente planchados y almidonados, los hombres acentúan sus discursos de gestos marcados, circulando en grupo alrededor del mausoleo, platicando sobre las cuotas de la bolsa. Llenas de risa, las jóvenes muchachas comían, abrían cestas, exclamaban sus preferencias, se extasiaban delante de las provisiones amontonadas, envueltas en ropas de colores variados.

Las paredes rosa carminado de la fortaleza, levantadas en el fondo de la avenida, anuncian la probidad de su nombre. El conductor deja a George en la entrada principal después de un zigzagueo entre los visitantes y los comerciantes de maní. Ve a familias enteras sentadas al pie de la muralla. El macadán es su residencia, un trozo de techumbre para todos el mobiliario. Toda su vida se resume en estos pocos metros cuadrados, reuniendo varias generaciones, el aire caliente su sola posesión. Aquí, estar sin hogar significa nacer, vivir y morir en la calle. Sobre la acera, se cocina, se duerme, se fornica. Todos los pequeños y grandes episodios del cotidiano se efectuan a vista y al conocimiento de todos. La intimidad tiene lugar sobre otro plano, así como el respeto del ser humano.

Hace muchísimo tiempo que el fuerte no contiene tesoros, que sus maravillas han desaparecido bajo los saqueos repetidos de las bandas de ladrones, de gobiernos sucesivos, de colonos británicos. Sin embargo, entre las ruinas sucias, George puede aún imaginar el fausto antiguo transparentarse bajo los vestigios que denuncian la grandeza pasada. Se deja arrastrar por el ambiente de los recuerdos de riqueza mitigada por la vista de la miseria actual. Hace adquisición de un manojo de pluma de pavo real cuyo viso sugiere las joyas de los maharajá desaparecidos. Salido del recinto, él vaga por el viejo barrio.

Cuanto más se acerca a Jama Mashid, la gran mezquita, más irrespirable se vuelve el aire. Las narices torturadas por el olor amargo de cabra, de orina, de defecación obnubilado por el espectáculo de los moribundos, avanza. Pasa por encima del camino de arena rubia sobre los cuerpos venidos a casarse con la nada.

Un hombre, restos arrojados sobre las orillas de la vida, yace desnudo. Agoniza. Un gorgoteo nauseabundo levanta su abdomen con sobresaltos bruscos, sus labios se crispan por el dolor, sus ojos se descomponen bajo sus párpados cerrados, bajados en un último pudor. Se extingue de la vida. Su aliento pútrido invita la muerte a abrazarlo. George no puede desviar su mirada del hombre que no ve más a pesar del sol que inunda su cara donde no goteará más el sudor.

Ahogado en el zafiro, el mar incandescente congela la escena de sus rayos altivos e imperiosos. La muchedumbre indiferente, fija en el horizonte, pasa indolentemente a rozarse con el difunto. Algunos curiosos interesados se impresionan más lejos, desnudan un moribundo alargado en la sombra raquítica de un eucalipto. George emerge de su estupor. Alrededor, nada recuerda el día del Navidad.

Vuelo 7.45

Jean Claude se quita el abrigo y lo carga en el portaequipaje correspondiente al número de su asiento. Se sienta, cierra su cinturón, desdobla su diario. Puede calmarse finalmente. La carrera contra reloj está ganada, pasará la Cena de Nochebuena en familia. Cuatro días de descanso, que se ha prometido consagrar enteramente a Hélèna y a los niños, comienzan ante él. Un minúsculo árbol, moteado de manzanas enanas nacaradas y doradas, recuerda que es Navidad. Arropada en su visón, una gran dama rubia hace irrupción en la galería central. Su voz aguda subida en el tono clama de desaprobación a la intención de la butaca. Las manos hinchadas giran con una agilidad demostrativa, destacando su parloteo de gestos absurdos acentuados por el centelleo fulgurante de sus anillos. La azafata ha visto a otros así y no se altera por eso. Impasible, la sonrisa de servicio adherida sobre su cara afable, la escucha pacientemente. Sobre todo nunca contradecir a los pasajeros. Jean Claude no puede dejar de observar esta cara que el piensa reconocer.

Los ojos sobrecargados de pestañas falsas espesas de rimel, agrandados por la pintura generosamente extendida a la Egipcia, se estiran hasta las sienes despejadas de la cabellera echada atrás, recogida sobre la nuca en un pesado moño que parece comenzar a partir de la frente. Un gran peine de carey estrellado de diamantes revela orígenes andaluces. Los pómulos sobresalen bajo el rojo. Los labios púrpuras, articulan exageradamente, agrupan seriamente la dentición con constancia.

-"Pero no, señorita, ha de haber un error. Yo no fumo."

La joven mujer repite sin ningún rastro de irritación que, si bien hay ceniceros, el asiento de la dama se encuentra en la sección no fumadores.

_"Por lo demás, el Sr. es el único pasajero." dice ella designando a Jean-Claude con una inclinación amable de la cabeza.

Tranquilizada, después de un signo afirmativo con la intención de un cerco imaginario, la rezagada consiente a quitarse su abrigo ayudada por la joven mujer que sonrie siempre.

La razón del barullo sigue siendo confusa para Jean Claude que se vuelve a sumergir en su artículo. Como de costumbre, él ensaya este vacío en sus pensamientos, ese vacio en la boca del estómago con la cercanía del despegue. El número imponente de vuelos a su activo no lo cambia nada.

Los motores se desencadenan, zumbando con una estridencia audible hasta en la cabina, la pista desfila más rápidamente bajo el ala, su espalda se apoya más pesadamente contra el respaldo, él para de leer para sentir el aparato levantarse en el momento en que sus fémures se relajan. Las ruedas dejan el suelo. La subida del artefacto comienza. Sabe que no tendrá descanso hasta después haber abordado la altitud de crucero. Hasta allí, una suerte de estupidez febril que le afligue ya no lo dejará más.

Un apaciguamiento súbito traspasa sus músculos le hace comprender que ellos están a la altura requerida. Instintivamente vuelve a leer, busca con los ojos el hilo de su historia entre los caracteres impresos en línea. Acepta un vaso de champaña ofrecido graciosamente, pero rechaza cortésmente el plato de snacks que se ve tentador. No le gusta el caviar. Ya sea rojo o negro, no soporta este gusto de pescado en granos.

El parloteo de la dama rubia le llega como un ruido desde el fondo lejos. No se puede contener de ver al auxiliar de vuelo doblar su diario y cubrir sus piernas con una manta ligera.

Un aullido lo despierta. Ante él un desconocido apunta un revólver, lo intima a levantarse. Cumple con precipitación. El extranjero le palpa, pasa la mano bajo su asiento y, lo empuja brutalmente a su lugar. La pasajera platinada ha desaparecido. Un segundo hombre armado sale de la cabina dirijiéndose a la carlinga. Es cuando en unas cuantas hileras de butacas más lejos, advierte el cuerpo desplomado de su vecina. La nuca de donde se escapan los espirales de pelo por tirones indica que lo irreversible no se ha producido aun.

El recién llegado intercambia con el hombre que acaba de registrarlo unas palabras en una lengua entrecortada con acentos guturales, cuyo sentido se le escapa. Un tercer acólito, que abre la cortina, hace irrupción ante él. Viene de la clase turista. ¿Cuántos son, pues? Un conciliábulo les agrupa fuera de su campo de visión. Él preferiría cerrar los ojos, pero los tiene abiertos a pesar de todo.

Todo el oído aguzado, se impregna de restos de frase incomprensibles. ¿Es buena o mala señal que él esté aún en el mismo lugar? Intenta analizar la situación, pero carece de referencias. Se maldice no haber nunca leído el informe oficial de un secuestro de avión. Ya que la evidencia habla por ella misma. Ellos son víctimas de un grupo de terroristas o de gángsters. Disimuladamente consulta la esfera de su reloj. Ellos habrían debido comenzar el descenso sobre Charles de Gaulle hace una media hora. Ninguna idea del lugar donde se encuentran. No es un reloj lo que le sería necesario, pero sí una brújula. La visión de las nubes perfectas por los rayos de sol, no le ayuda mucho a definir la latitud, a lo sumo su altitud, aún demasiado elevado para anunciar un aterrizaje próximo. Por la posición del sol, él deduce que ellos no han cambiado de dirección. El aparato inicia una vuelta sobre la izquierda sin perder altura puesto que la cabina vibra excesivamente. ¿Otro piloto estaría en los comandos? La puerta del fondo se abre. Las muñecas atadas sobre los riñones,empujados por el cañón de un revólver, la azafata y el auxiliar de vuelo avanzan entre las hileras de respaldos. Es el momento que eligió la mujer de los abrigos para levantarse penosamente. Emite un gruñido sordo a la vista del arma apuntada, se dirige titubeante hacia el agujero negro. Un mugido en inglés no interrumpe su avance. Agarrándose de las dos manos, ella progresa hacia el grupo en la otra extremidad. Con un gesto que amplía su orden, el hombre la intima a inmovilizarse.

La mandíbula crispada, manchada de baba roja, las mejillas grises, estriadas de argamasa negra, ella no lo ve ya más, él y su arma mortal. Ella ha superado los límites de la razón. Su espíritu yerra en las regiones donde ninguna palabra puede ya alcanzarla.

Jean Claude no puede apartar su mirada de la escena. Las narices dilatadas, él respira entre sus dientes, listos a romperse los unos sobre los otros. La atrocidad da una situación desconocida y familiar al mismo tiempo se devanan ante sus ojos, sin que él pueda cambiar el menor detalle. En su cabeza, el ruido del corcho de champaña que salta y el aullido animal lanzado por la dama rubia estallan simultáneamente.

La cara deformada por un rictus de animal encarnizado, ella se ha precipitado de un salto sobre el ojo redondo que la fijaba. La llama rabiosa escupe un núcleo destructor y, la respuesta la alcanza de frente. El moño se desenrreda, todas las mechas afuera, él se derruba, silenciosamente, sin ruido sobre los hombros doblados. El tiempo se disgrega en pequeñas burbujas transparentes que se revuelven lentamente en el espacio de la muerte. Ellas giran con amplitud, sofocando el silencio para paralizarse un momento en una instantánea de horror.

Imperceptiblemente sonrosan en una flor con los pétalos púdicos empolvando de carmín la gran frente de alabastro arrugado. Ellas estallan en furia al sonido de la caída y, se desvanecen prontamente en las grietas de la eternidad.

Mudos, la azafata y el auxiliar de vuelo franquean el cadáver y desaparecen en la carlinga. Jean Claude se percata con estupor que no oirá más la gran dama lloriquear ni gritar. Su cuerpo varado sobre el cobalto en cuadros de la alfombra, le sirven de elocuencia, lo peor lo hace frente a frente. El asesino vuelve solo y, sin pronunciar una palabra, aplica el metal contra la sien de Jean Claude inmóvil, candidato a lo ineluctable. Una manzana púrpura se suelta del árbol, rueda a sus pies, detenida por el borde de su suela. Perplejo, él la comtempla tontamente, bizco alelado por el brillo sobre su redondez, asombrado de su color variado, dilatado de jaspeados oro viejo. Antes de que el relámpago lo caliente eternamente, un pensamiento luminoso se fija pertinente a su espíritu. Desalentado, él espira. Una Navidad mas que no podrá pasar cerca de Hélèna y los niños.

24 de deciembre

Veo su cabeza bordear la hilera de alheñas. Mi tío abre marcialmente el camino, mi tía, buen soldado, le pisa los talones. Por un corto instante, el pilar del pórtico los oculta de mi vista. Abro de par en par las pupilas para escuchar el movimiento del picaporte que gira, clara prueba de su llegada; extraños tirarían de la campanilla. Sólo la familia empuja la puerta sin ceremonia. Ésta se entreabre primero, luego rechaza la capa de nieve, se abre en grande. Ella enmarca la pareja esperada. Mi tío Victor y mi tía Lucette se me aparecen al fin completamente.

Descuidando las llamadas de mi madre que me ordena cubrirme antes de salir, me precipito delante de ellos. Ellos son mis preferidos. Nunca ellos me tratan como niña pequeña, nunca me dicen: "Tu has crecido." o bien "¿Y la escuela? ¿Cómo va eso?." No, ellos me consideran su igual, nosotros tenemos verdaderas conversaciones.Los copos mariposean en la noche fría, me hacen cosquillas en las mejillas sus besos congelados.

-"Entra rápido, tú vas a coger frío." declara mi tío abrazandome. Yo acaricio el abrigo granate de mi tía. Es muy suave, al igual que ella.

_"Y la comida,¿eso se anuncia bien?."

Mi tía estalla de risa después de haberme depositado besos sobre la frente.

-"¡En eso tú puedes tener confianza en Mamá, tú sabes! ¡Después de una semana que ella no deja la cocina!."

_"¡Entonces eso promete una buena comilona!."

_"¡Ah, sí! Pero solamente después de la misa. Este año está decidido. Todo el mundo está de acuerdo en eso. Primero la iglesia, el banquete al regresar."

_"¡Y bien, se tendrá tiempo de languidecer!."

_"¡Pero no! Tranquilizate. Hay tapas."

_"¡Entonces estamos salvados!."

_"¡Yo te había dicho de no salir en zapatillas!" regaña medio seria mi madre puesta en medio de la chambrana de la cocina. Le contesto haber puesto un chal sobre los hombros. Hoy es día de fiesta. Dado que ella no me abofetea nunca delante de su hermana menor, puedo aprovecharme para transgredir las medidas vejatorias e inútiles, sin arriesgar tropiezos significativos.

Admiro a mi tío que se quita su abrigo y revela la elegancia de su traje verde botella. ¡Me habría gustado tanto que él fuese mi padre! Él es un hombre, uno verdadero. Lleva un bigote finamente cortado, que sombrea su labio con una eterna sonrisa. Su cabello negro, brillantinado, dispuesto onduladamente, sin raya aparente, es prolongado por las patillas cortas adornando sus pómulos. Estoy orgulloso de él. Tiene siempre nuevas ocupaciones muy excitantes. Últimamente, compró dos caballos, sólo por el placer de verlos juguetear en un prado. Me gusta la manera en que conduce su coche y luego sobre todo, me lleva a menudo con él a los bosques. Me muestra dónde se ocultan los mízcalos, las morillas, y el muguete en el mes de mayo. Durante el verano, él baliza las huellas de la caza que acorralará el otoño. Me gusta la actividad viva que rodea a la caza, ver a sus perros bien adiestrados responderle al menor silbido.

Yo sé que no coge más que una pieza cada vez, que a menudo, la caza no es para él que un pretexto para hacer una gran caminata en el campo. Yo he comprendido todo eso sin que me lo diga, un día, viendole alisar las plumas de una faisana que uno de los perros acababa de traerle. Aunque era él quien la había muerto, le acariciaba el cuello con amor, arreglaba el plumón desplazado antes de meterla en su morral. Otra vez, los vi a ambos abatidos, ya que había dado muerte desafortunadamente a una liebre femenina que mamantaba. Pensaban en los gazapos abandonados los que no podían salvar ya que ignoraban el lugar de su madriguera. Para mi, mi tío es un verdadero héroe, franco, fuerte, cariñoso.

No es como mi padre quien, aunque fanfarrón, tenga miedo de un fusil. Se niega a participar en la caza, crítica el placer de los otros. Precisamente así, incitado por mi madre, se ha puesto a pescar. Lo comprendo, es menos peligroso.

Por el contrario, es necesario reconocerle los méritos, mi padre es un campeón abridor de ostras y las comidas de fin de año le ofrecen un terreno a su medida. Con un gran delantal de marinero ceñido en torno a los riñones, él sigue siendo imbatible. Ni uno de mis tíos le impugna su superioridad. Incluso tío Totor no puede enfrentarse con él en lo que se refiere a abrir las conchas de los mariscos. De una presión de la cuchilla insertada en un intersticio notado solo por él, separa las dos partes sin dejar una rotura abierta en la carne de la ostra. Mi madre se sonrosa de placer de ver a su hombre tomar la delantera sobre los otros participantes. Su plato se llena a un ritmo fulminante. No sólo, mi padre es el más rápido, sino que dispone sus conchas en abanico, mezcla las almejas,las almejas grandes caladas y las ostras planas. Después de haber añadido los camarones,los mejillones, los langostinos, y los bígaros, anuncia, muy orgulloso, que su plato de mariscos está listo. Mi padre es un artista. Mientras que los hombres juegan a los maestros desconcheros de un día y que las mujeres intercambian algunas recetas poniendo la última mano a los platos, nosotros los niños, estamos a cargo del centro de mesa.

Nosotros los niños, son mi prima Josiane, dos meses mayor que yo, que insiste que le debo por este hecho obediencia, su hermano Gérard, llamado Ninou, mi primo, mi hermana menor de seis años con la cual tengo muy poco en común debido a nuestra diferencia de edad, y yo misma.

Mi prima Josiane ha tomado la dirección de las operaciones. Está celosa ya que yo he hecho las tarjetas que se abren de dos páginas, en un lado el dibujo de Papá Noel y al otro escrito en bonitas letras caligráficas en tinta de color, el menú. Sobre el lado de la mesa, he pegado las agujas de pino en forma de árbol bajo el nombre del invitado. Queda claro que todos se extasiarán con mi creación.

Para calmar su envidia, intenta inventar un centro de mesa asombroso, hace un entrelazado de cintas, de piñas, ramas y velas, alrededor de los platos. El mantel se pierde bajo el desorden de verdor que camufla prácticamente mis cartones. Ya hace mucho tiempo que los pequeños, cansados, nos han abandonados para vaciar, en una esquina, una caja de chocolates que ellos han abierto sin permiso. Concentrados sobre nuestra competición, nos olvidamos informar a la cocina de su fechoría, por tanto susceptible de castigo, por lo que ellos aprovechan para atracarse con delicias como lo demuestra su jeta pintarrajeada. Se envalentonan, van hasta ofrecernos un bombón, volviendonos cómplices de su hurto goloso.

Después de haber vuelto a poner los menús bien en evidencia en los vasos, yo declaro la decoración por terminada. Vencida al final, Josiane quería aún cambiar algo la disposición de los follajes, pero los adultos vienen de la cocina y aprecian calorosamente nuestra invención, nos reconciliamos en un éxito compartido bien merecido.

De la misa del gallo nadie habla después del aperitivo y de los saladillos al horno. El tópico es más bien sentarse a la mesa, que es lo que hacemos. Un aire de decepción sopla sobre mi corazón. Una vez más no sabré a que se parece esta misa de la que se habla todo el año con tanto fervor. La cercanía de la revelación así esperada se funde en la algarabía de la conversación, diferida de un año, al menos, la única misa que yo conocía era la de la primera comunión de mi prima. Ella era entonces la reina de la fiesta, con un centenar de otras vestidas de blanco, es necesario precisar. Sin embargo, me habría gustado mucho gustado estar en su lugar en ese día de gloria. Ella recibía regalos tan extraordinarios como imprevisibles de todos los invitados. Mi madre, su madrina, le regaló un reloj de oro, un presente que ella no me ha hecho nunca, a mi, su hija. "Es porque tú no haces tu comunión" declaró ella.¿De quién la falta? En la mesa, los platos de crustáceos dieron paso a los entremeses. De pie en un lecho de macedonia, los huevos duros coronados de mitades de tomates moteados a la mayonesa, evocan las oronjas, mientras que manojos de perejil rizado imitan "hasta el punto de confundirse" una alfombra de musgo, los tomates cortados en cestas rebosan de pequeñas verduras. Sobre los grandes platos de charcutería, las láminas de salchichón estaban arregladas en pétalos, formando

grandes flores con corazones de mortadela.
Los fondos de alcachofa están rodeados de
pepinillos cortados en abanico, los triángulos
de pan moreno montados en pirámides
ubicados en las cuatro esquinas del mantel. Se
colocaron los platos alveolados adornados de
caracoles en salsa verde calientes.

_"Es necesario comerlos inmediatamente
antes que se enfrien."

Y se pasa a cada uno los platos redondos.

_"Es necesario pan blanco con los caracoles."

_"Y vino blanco,¿no?."

Gran carcajada. La comilona ha comenzado.

_"Están buenos tus caracoles." comenta mi
tío Guido.

El veredicto ha caido. Guido, llamado Poupée
debido a sus ojos azules, el experto sobre este
tema ha hablado. Dos platos deben recibir su
aprobación para una comida exitosa: los

caracoles y la cabeza de ternera a la vinagreta. Mamá dice que es porque en su juventud conoció la pobreza y que estos dos platos permanecieron para él delicadezas. Cada uno en la familia tiene su especialidad culinaria. Mi tía Lulú,Lucette, es la choucroute. Ella cubre de corteza del tocino de cerdo el fondo de la olla, de hierro exclusivamente y, ubica a media altura en las capas de choucroute cruda, sin lavar, pero enjuagada en el colador, alternadamente con sus carnes, una manzana de reineta pelada. Mi tía Julienne, la mayor de todos, ocupa la cabecera de la mesa. Es la reina del cassoulet, nacida en Castelnaudary, cerca de Toulouse, lo que explica su vocación. Para no ser menos, su marido, mi tío José, es especialista en el conejo, el conejo de monte, se entiende, con mízcalos. No exactamente algunos para adornar la salsa, pero a manera de verduras, doradas en el jugo de lonjas de tocino de costillar ahumado magro.

Mi tía Suzon, la madre de Josiane y Gérard, ella tiene la habilidad para todo lo que se cubre de masa de hojaldre y los postres. Ni que decir que sus masas de empanada son famosas. Yo sospecho que es para suplantarla en el orden de los platos presentados, que su marido sobresale en los frutos al agua de vida. Las cerezas, las moras, los melocotones, las grosellas, las uvas, él ha intentado todo con regular éxito, pero son sus cerezas que han ganado la unanimidad familiar.

Mi tío Victor logra el confits de aves a la antigua como ni uno, incluso mis tías le envidian su maestría en este caso. Mi madre no sabe mucho de reposterías, lo que lamento amargamente, pero sus carnes y, más particularmente sus asados, están siempre a punto, lo que incitó a mi padre a darse a conocer con el salteado de ternera al vino blanco y patatas. Una receta enteramente de su tierra. Pero esta lista no estaría completa si yo omitiera de mencionar el gallo al vino, con trozos de tocino y huevos escalfados de mi tío Charles.

En casa, una comida de familia no consiste solamente en probar los platos presentados, nosotros analizamos las recetas de cada uno, saborendo por lo tanto doblemente. Las morcillas blancas devoradas, los platos surtidos retirados, es el momento del pavo de hacer su entrada.

Rodeado con castañas, él viene sobre un plato de plata óvalado con las manijas doradas. En nuestra familia, las aves se recortan sobre la mesa.

No hay pedazo escamoteado. Las cillazas para la circunstancia cortan la piel crujiente, el jugo rosado chorrea apenas de las carnes maltratadas.

_"¡A punto!" es el juicio general.

En seguida una discusión sobre las diferentes propiedades de las farsas utilizadas desde años y la cuestión si la próxima Navidad no será mejor, para cambiar, de cocinar un ganso. La posibilidad debe considerarse seriamente, aunque un ganso sea, a pesar de todo, más graso que un pavo. Un hecho es cierto, no se servirá nunca más gallina de pintada juzgada demasiado seca. En resumidas cuentas, el pavo permanecerá en el menú. Él presenta ventajas innegables y considerables, teniendo entre aquellas el de "hacer realmente Navidad". Una expresión consagrada, comprendida por cada uno de nosotros: Eso hace Navidad o eso no lo hace. Es por eso que todos los años, aunque tocándolo apenas, nos empeñamos en hacer circular después del plato fuerte, la bandeja de quesos, seguida de lechugas más o menos exóticas, para terminar con un bizcocho sin olvidar los helados. El bizcocho, nadie lo quiere ya, pero eso hace Navidad. Nosotros somos testarudos inveterados y nada nos hará cambiar, ni siquiera nuestro gusto desagradable por esta tradición.

Algunas horas más tarde, el caparazón del ave, así como los vestigios despavoridos nadando en las grandes ensaladeras, son devueltos a la antecocina, la cafetera hace su aparición sobre el mantel manchado. Es mi momento favorito, el de las historias, las canciones, cada uno echará la suya. Ellos se hacen rogar un poco, para la forma, una clase de cortesía, pero ninguno querría faltar su vuelta de romanza. Incluso los niños tenemos el derecho a subir en el banquillo, de tener nuestro momento de gloria bajo los aplausos. Todos los tipos están permitidos. Se modula, se chilla o se murmura según el humor y las capacidades. Luego, todos los años uno de nosotros comienza con voz ligeramente muy frágil "Pequeño Papá Noel" escuchado con recogimiento por el resto de la asamblea. Es una señal. Con una regularidad inexpresable, inexplicable también, sin concertarnos, entonamos "Ha nacido el Niño Divino" y "Noche Santa". ¡Eso hace realmente Navidad!

La fuga

Jacques cabalga en la linde del bosque entre el prado y el claro. Los rayos del sol, llevados por el viento, manchan la hierba de escudos de luz. Endereza la cabeza, inhala la brisa en las ramas frondosas. Alarga el paso. Los árboles se enrarecen totalmente para desaparecer de hecho, reemplazados por gramíneas rubias que se curvan bajo la huella. El cuello de su montura sacude unos crines locos del cual él recibe los efluvios amargos y suaves a la vez. Arquea ligeramente el busto, presiona sus pantorrillas contra las ijadas palpitantes. La yegua se encabrita, se lanza, se mueve derecho por los trigos moteados de sangre. Acelera el paso, las rodillas pegadas a la cruz, las rienda apenas sujetas, la mirada llevada hacia el horizonte. Las espigas dan paso a las cañas, allí donde las máquinas segadoras pasaron. Él canta para sí mismo: _"Dagadoume, dagadoume." imita el ruido de las pezuñas que golpean el suelo. Los montículos de paja, llevados por el alce, como carbonillas que dan vueltas y vueltas para volver a caer pesadamente en la estela de su huella. Nada ya cuenta más que esta loca cabalgata a través de los campos, lejos, aún más lejos en el aire fresco de la mañana. Semi inclinado sobre los crines flotantes, levantado sobre los estribos, fomenta al animal que estremesca las orejas al sonido de su voz. Imantados el uno por el otro en una comunión de amistad y de amor y, ellos saltan un obstáculo sin disminuir el paso, se levantan por los aires.

Los obstáculos no existen más para esta pareja única ondulante a merced de su imaginación. El cielo se obscurece, lleno de nubes empujadas por el viento que ruge en borrascas. El suelo se vuelve esponjoso por la granza, se ennegrece, se revienta de charcos donde beben cornejas charlatanas y gruñidoras. Bajo el peso de las nubes, sobrecargado de tristeza, el caballo pierde la velocidad, respira pesadamente. La lluvia pronto los ciega. Chorreando, torpemente ellos avanzaban más adelante, en los tornados furiosos que transforman en lodazal las rodadas del camino. El caballo resbala, se hunde. Jacques tira sobre las riendas, pero en vano. Con el lodo hasta los jarretes, los

ollares humeantes, la espuma en los labios, la
bestia relincha, se enloquece, sus ojos se
descomponen de espanto. Finalmente se
libera, golpea las herraduras, las pezuñas
cubiertas con sangre, cae sobre el pecho, cae
sobre la ijada. Helado de sudor, Jacques se
debate bajo la masa peligrosa que lo asfixia
involuntariamente.

Encogido en su cama, las piernas
anquilosadas, trabadas sobre su costado,
observa sin comprender, la bola de plata
colgada a la pared. Toma conciencia de los
muros que lo rodean, se siente encogido de
dolor rabioso. La penumbre le devuelve uno a
uno los objetos más familiares. La mesa, la
silla, el estante con sus libros, el lavabo y
cerca la palangana de loza blanca. A dos
metros de él, aunque todo tenga el mismo

color gris indefinido, los contornos de la
puerta se distinguen claramente.

¡Como siempre después de su sueño un
entorpecimiento lancinante sordo bajo la
pena! Los miembros rígidos, las ingles en
fuego, sufre la erección que   lo trae a la
vida, se instala duramente en la depresión de
su bajovientre. Su mano, vacilante al
principio, se dirige bajo el paño. Su glande
desnudo palpita rápidamente bajo la
esperanza. Furiosamente, las falanges con
forma de venus, él se empuña con una firmeza
suave, repite cansado los gestos inevitables,
salvadores.

Inexorablemente, las idas y venidas incesantes
le acercan a lo último. Siente subir en él el
vigor del instante. Frenético, su brazo se agita
cada vez más vivamente, el hueco de su palma
aviva la fricción. La blancura de un

relámpago cruza la rigidez inflada, estalla delante de sus ojos abiertos sobre la nada. La mandíbula floja, boquiabierto, la respiración corta, lenta, los dedos liberan su presa. Instintivamente, palpa cautelosamente el hilillo viscoso extendido sobre su costado, que corre gota a gota en un repliegue de su capa sudorosa y arrugada. Sin moverse, recobra aliento. La ronda de sus pensamientos se arremilona estéril en la perfidia de su deseo insatisfecho, inextinguible.

Jacques aspira bruscadamente, retrocede a lo más profundo de sí mismo el rencor, que perdura en las pulsaciones del recuerdo. Pensaba que Christian y Claudine eran sus amigos. Es donde ellos que se había refugiado con la mano ensangrentada. Christian estaba ausente, fue a Claudine que había hecho su relato cortado por los hipos y los sollozos. Claudine había llamado por teléfono a los policías. Reventado, incapaz de reaccionar, él había oído la defección de su amiga. Christian había vuelto en el momento en que los agentes lo hacían subir en el furgón. Le había acompañado hasta la comisaría. Ellos habían efectuado el trayecto sin decir una palabra. Christian había interceptado, interpretado su silencio, revelando la amplitud del drama y una falta total de consolación.

Como autor de un acto de violencia, se lo había aislado. Como era el viernes por la noche, había permanecido dos días enteros sin noticias de nadie. Le llevaban bocadillos y café en un vaso de papel. No había podido ni lavarse, ni afeitarse. El lunes por la mañana, la abogada, enviada por Christian, había dispuesto que lo dejaran ducharse. El juez de

instrucción había ordenado la encarcelación.
Había querido protestar, pero para qué. Era
una mujer, ella alegaba por el riesgo de
recidiva. Por eso, él había deducido que
Jeannine lo había denunciado. Había
lamentado no haberla matado. Un odio
desproporcionado había un momento
obscurecido su mirada. El juez había debido
percibirlo ya que ella había tenido un
imperceptible escalofrío de retroceso. A su
visita siguiente la abogado le había pedido
controlar sus emociones en lo sucesivo, al
menos intentar de parecer más contrito, si no
arrepentido, menos arrogante, de sonreir un
poco, no demasiado, de bajar la mirada,
resumidamente de parecer más inofensivo.
Las sienes sacudidas por la sangre en fusión,
como un autónota desareglado, golpea los
adoquines con sus pasos mecánicos que lo

conducen infaliblemente hacia el destino inflexible. Consciente de la cruel prohibición, despiadada, avanza, incapaz de parar este sentimiento de demencia que lo tira allí donde él no quiere ir. La venganza que zumba en sus orejas silbantes, le fuerza a proceder, lo envuelve de un alquitrán que destruye sus pensamientos. Es él y, es otro. Se considera, se observa actuar, más fuerte que él, la pasión lo encadena. Destruirla es todo lo que él desea, borrarla del frente, hacerla gemir por su traición, suprimirla por el dolor espantoso que él siente bajo sus costillas, hacerla sufrir, devolverle el mal que ella le ha infligido. Matarla.

Los dedos crispados sobre el mango del cuchillo en el fondo de su saco, él se mete por el laberinto de las calles, llevado por la ebriaguez oscura de una amargura hostil, destructiva. Toca, grita su nombre. Pregunta por ella. Sube las escaleras. Ella está allí ante él. Salida sobre el descansillo, sonriéndo lo observa. La rabia dicta su gesto. Con fuerza, con exceso, un gusto de amor, de muerte y desangre en la boca, abate la cuchilla. Cae a sus pies. Él ataca aún brutalmente. Ella se encoge. Implacable, él ataca aún. Su furia se apacigua, el brazo colgante a lo largo del cuerpo, sumergido por el sentimiento creciente de un fracaso lamentable, escudriña en la niebla a Jeannine que se levanta y titubeante, penetra en el apartamento. Consternados los dos amigos se acercan a ella, pronunciando algunas palabras.

_"Es demasiado animal" le escucha él decir con su voz triste perdida en el espacio. No tiene nada más que hacer aquí. Nadie piensa en cerrar la puerta.

Nadie se ocupa de él. Cansado, baja los peldaños. Las lágrimas corren sobre sus mejillas.

La cara enterrada en la almohada, Jacques llora. No ha podido impedir a Jeannine de ir hacia el sol, hacia un nuevo amor, de ser feliz en otros brazos. Asfixiado de pesares, se suena, se levanta, se acerca al lavabo. Conscientemente se enjuaga. Huraño, gruñe entre sus dientes:

_"¡Navidad, mi culo!".

La Pequeña Viviane

Cómodamente acurrucado bajo el plumón de su cama, Charles dormitaba aún. El golpeteo de los pies desnudos sobre el parqué lo despierta totalmente. Bosteza, levanta con precaución sus párpados. Entreabiertas, sus pestañas filtran la imagen familiar de Viviane inclinada sobre él.

_"Charles! ¡Charles!"

_"Humm"

_"¡Ven! ¡Ven rápidamente! ¡Levantáte!"

_"Chtttt"

_"¡Yo los he oido!"

La pequeña mano comienza a tirarlo
vigorosamente. Acomodándose, Charles se
prepara sobre su aquí, revuelve sus dedos en
la masa de su cabello y, rechazando
completamente sus coberturas sobre el lado,
se sienta al borde de la cama. Viviane lo
gratifica con una sonrisa radiante que ilumina
sus hoyuelos. Paciente, sabiéndose irresistible,
ella espera tener toda su atención.

_Él ha gritado: "¡Ho! ¡Ho!" Yo lo he
escuchado bien. Sus zuecos hicieron ruido
sobre las tejas.

_"Entonces es necesario ir a ver."

_"¡Sí! ¡sí! es seguro, han venido."

Llevada por la alegría, Viviane golpea las
manos   riendo al mismo tiempo a carcajadas.
En una camisa de dormir azul cielo, la cabeza
echada para atrás, los rizos esparcidos en
torno a la frente ligeramente abombada, es un

querubín que le observa de reojo. Mayor que ella por tres años, Charles se siente responsable de su hermana. Ella es tan inocente. ¡Qué ingenuidad la de creer en Papá Noel! Lejos de él, sin embargo, el deseo de desengañarla. Él se deja ganar por el entusiasmo contagioso de la pequeña hechicera quien de una pirueta lo arrastra de nuevo al país de las hadas.

_"Suavemente. Vas a despertar toda la casa.". Ella sabe que su hermano necesita de un poco tiempo para despertar y que enseguida él hará todo lo que ella quiera. Incansable él compartirá sus juegos, la llevará de paseo, le enseñará mil cosas. Ella y Charles se adoran, son inseparables. Con todo, hoy, lamenta la lentitud de su hermano. Está tan impaciente de descubrir los regalos. Desde hace varios días ellos ya no hablan más que de eso.

La última semana, el abuelo fue con ella a
visitar a Papá Noel. Ellos descendieron a la
estación y tomaron el tren, lo que les sucede
raramente, pero el abuelo tiene horror de
conducir en la ciudad. Detesta los
embotellamientos y los aparcamientos
subterráneos. Un día que había llevado a la
abuela a las grandes tiendas, había perdido su
coche en el laberinto de los niveles. No
comprendía bien el funcionamiento de las
cifras y las letras. En cuanto a la abuela, tenía
una profunda aversión de estos sótanos
hormigonados de donde no se podía salir más
que en ascensor y penetrar sólo por un túnel.
_ ”Es angustioso" decía ella”.
Viviane gozaba de esta palabra. Ella imitaba a
la abuela, la repetía aspirando una pizca de
aire antes de pronunciarla, insistiendo bien
sobre cada sílaba: AN-GUS-TIO-SO. Ella

cubría su voz de un velo suavemente ronco para la ocasión.

En el tren, el abuelo le había explicado bien que ellos deberían constantemente permanecer juntos, que habría mucha gente, que el Papá Noel era muy popular y recibía gran concurrencia de numerosos niños venidos a verlo al

igual que ellos. Excitada con la idea de encontrarse con el viejo hombre, había hecho decenas de preguntas a las cuales el abuelo había respondido con todo detalle, peinándole un retrato fiel.

Lo había reconocido desde que ella lo divisó. Las lámparas, los ruidos, los gritos, la música, todo habían desaparecido. Sólo quedaba Él. La multitud de los regalos que lo redeaba se desvanecía ante Su presencia. Su sillón rutilante de oro y de piedras preciosas instalado sobre una estrada cerrada de pinos decorados con miles de fuegos, Él reinaba en la cima de una muchedumbre de pequeñas cabezas. Los ojos ávidos, ella lo devoraba, sin atreverse a respirar. El abuelo le había puesto su carta entre las manos y, después de haberla depositado en la tierra, él la había amablemente empujado entre el mar de los niños respetuosos. Tímidamente ella había esperado su vuelta, subiendo cuidadosamente los peldaños uno a uno. Al llegar cerca de él, los labios húmedos entreabiertos de sobrecogimiento, ella lo admiraba, obnubilada por el escarlata realzado de blancor. Él se había inclinado hacia ella, murmuraba palabras que ella no entendía y la había cogido por la cintura. La había, entonces, atraído sobre sus rodillas. Enloquecida y encantada al mismo tiempo, había buscado los ojos del abuelo, sin éxito al principio, para descubrir antes de que el pánico se ampare de ella, su cara a mitad disimulada por una rama del pino. Entonces, tranquilizada, había tendido su misiva al Papá Noel que la había tomado con su mano enguantada. Animada, le había asegurado haber sido buena a lo largo del año, omitiendo algunos detalles sin importancia y, lo había invitado a venir donde ella. Sonriendo, él había aceptado. Una máquina fotográfica surgía de la muchedumbre, un flash los cegaba. Llevada por los aires, se encontraba en los brazos del abuelo.

No tenía ningún recuerdo de la vuelta, y es que había guardado esta visión maravillosa amparada en sus párpados cerrados, fingiendo el sueño para prolongar la visión de ensueño. Los días siguientes habían sido un martirio, no podía esperar más. Finalmente, la mañana suprema estaba allí.

Charles se pone de pie, le toma la mano. Sin decir una palabra, se dirigen hacia la escalera. Sin hacer ruido, reteniendo su respiración pues la expectativa es inmensa, ella salta los últimos peldaños. Las puertas del salón fueron deslizadas contra la pared. Sus pies clavados en la blandura de la alfombra, detenida como estatua por el asombro, no puede moverse más. Allí donde aún ayer estaba el escaparate, se levantaba un pino azul gigante. El copo de plata del pico toca el techo, las ramas cargadas de nieve se extienden hasta las esquinas, las esferas de vidrio, las piñas escarchadas, las bolas en oro se vislumbran entre las guirnaldas sabiamente dispuestas. Un gazapo golpea con sus dos palillos minúsculos un tambor llevado en bandolera, los pájaros de espejo, engrapados con agujas, piando a cual mejor, sacudiendo sus colas temblorosas. De un ir y venir regulares, los caballos del tiovivo hacen tintinear a sus campanillas, un esquiador, lanzado a toda marcha, hace un eslalon en la punta del follaje. Sobre el pesebre, oculta en las rocas, al pie del árbol, una estrella parpadea tímida. En cada mecha del cabello de un ángel, un resplandor abigarrado le responde.

_"¡Mantuvo su promesa! ¡Ha venido." murmura Viviane boquiabierta delante de los paquetes adornados con cintas desparramados sobre la alfombra. Todas las formas, todos los colores, son reunidos en una amalgama alegre de nudos, rosetas y papel glaseado. Una marejada de emociones sumerge su corazón, se lleva sobre su paso todo rastro de educación. Patalea de felicidad.

_"¡Navidad! ¡Navidad! ¡Es Navidad! ¡Papá!

¡Mamá! ¡Abuelo! ¡Abuela! ¡Es Navidad!"

grita Viviane que corre de felicidad

refugiandose en los brazos del abuelo.

Cena de Nochebuena

Prudentemente, rodeadas por el haz del reverbero, las suelas desfilan a ras del tragaluz. La nieve fundida y el hielo les han comunicado esta precariedad que las propulsa preciosamente con una retención inconfesada. Algunas, bien gruesas, se apoyan sin vacilación visible, mientras que las otras, las de los zapatos finos, marcan un tanteo apenas perceptible, probando el suelo antes de confiarse. Durante horas Sylvia observa las idas y venidas sobre la acera, busca en la multitud los pequeños zapatos, le pertenecen el instante en que ellos cruzan el marco. Adora los escarpines de color pero ellos se hacen cada vez más raros. Los tacones anchos

están a la moda, negros de preferencia. Es la
manera de ella de mirar los escaparates. Al
abrigo del ventanaje, a ella le gusta imaginar
los cuerpos sobre las pantorrillas. A veces,
dos parejas van al mismo paso, ella ve
entonces seres entrelazados, murmurándose
promesas. Pero hoy, todos parecen apurados
a pesar de la calzada incierta. Ellos se
apresuran en el frío, hacia sus destinos, el
calor de una familia, la comodidad de una
casa.

Desde que Dupont se murió, Sylvia no es
nadie. Juntos, hacían largos paseos sobre los
bordes del Seine, por el sano placer de
caminar. Verano como invierno las avenidas
les ofrecían un espectáculo apreciable y
gratuito. Dupont, a pesar de su edad avanzada,
seguía estando alerta al detalle de los
adoquines, aspiraba cada mata de hierbas,

conseguía cazar las mariposas perdidas en el borde del agua. No se hacía nunca rogar para salir. A estos recuerdos, un gran suspiro húmedo se escapa de su pecho e, involuntariamente, estrecha su anorak en torno a sus hombros. Dupont no había soportado los traslados sucesivos.

Se repone. No debe compadecerse. Las prórrogas son inútiles, peligrosas. Había más infelices que ella. Por supuesto, fue un golpe duro haber perdido a Dupont, pero ciertamente que en primavera encontraría a un joven cachorro abandonado sobre un basurero. Había todos todos los años. Y luego, ¿no había tenido ella la oportunidad de descubrir este sótano abandonado, para el invierno, mientras que, muchos otros debían contentarse con cartones, a la merced de la intemperie, de los barrenderos?

Satisfecha, ella desvía la mirada del teatro de la calle para examinar su dominio recientemente adquirido. La penumbre circundante contrastante con la claridad del exterior, la hace parpadear, en sucesivas ocasiones, los párpados. Examina sistemáticamente sus posesiones de las cuales no estaba muy orgullosa. Distingue cada caja, cada tabla, amontonadas contra la pared donde guarda los diarios y las revistas recuperados. Considerandolo todo ello con un ojo apreciador, nota haber instalado allí una bonita biblioteca. ¡Qué importa si los resortes agujerearon el yute raído del sillón o si la falta de luz la priva del placer leer! La esquina así amueblada le recuerda la apariencia confortable de su casa. Pero es con ternura que comtempla el colchón lanzado cerca de la pared puesto con sus cuidados.

Lo había descubierto una mañana algunas calles más lejos y estaba apresurada de tirarlo hasta su guarida. La tela había sufrido algo, durante el transporte pero presentaba, sin embargo, un aspecto muy aceptable, sin agujero notorio. Disponiendo las cajas a modo de somier, lo había extendido en el rincón al abrigo de las corrientes de aire. Cada noche desde entonces, echándose en lo esponjoso de su cama, agradece a su estrella de velar por ella, se felicita de haber tenido la fuerza de arrastrarlo hasta aquí. Gracias a las mantas amontonadas sobre el camastro, puede todos los días entregarse al ritual de acostarse y de levantarse, retirar sus ropas la noche para volverlos a poner por mañana, sin temor de atrapar un catarro mortal.

La ilusión de una vida bien reglada la ayuda a sobrevivirse. Cualquiera que sea el tiempo, en toda temporada, va temprano al mercado. Precisa, eficaz, examina meticulosamente los montones de basura, llena sus cestas de todas cosas útiles, de restos apetitosos y va a desayunar a la plaza. Incluso si llueve, vuelve raramente aquí, adopta más bien un refugio bajo un portal en una callejuela tranquila. Tiene sus pequeñas costumbres, pero cambia su rutina diariamente por miedo a que se la vigile.

A menudo cuando hace buen tiempo, sube al Sacré- Cœur, no para gozar de la vista sobre París, sino porque la gente es más generosa que en Notre-Dame. Tiende la mano, sentada al pie de la escala. La mayoría de los visitantes le dan una moneda o un billete, en particular los extranjeros. Aquéllos no osan rechazar su solicitación. Su paso enclenque, su aliento limpio, su pelo tirado, liso, su mano fina, los incitan a la ofrenda. Ella sospecha que tienen vergüenza de su sofisticado boato en bandolera ante su pobreza evidente. Su duda ni siquiera roza la verdad, su realidad cotidiana.

Anteayer, fue a Père Lachaise tomando la calle Turbigo. Inicialmente quería dirigirse a las cocinas del Hospital Saint-Louis, pero sin darse realmente cuenta, tomó a la derecha, metiéndose por la Avenida de la République. ¡Libertad! ¡Igualdad! ¡Fraternidad! Tres palabras que la han vuelto dubitativa leyendolas.

La entrada principal del cementerio, sobre el bulevar de Ménilmontant, con el fondo de la gran avenida Le Monument aux Morts Colossal, la incita al vagabundeo. Visitó a

Colette después de Mademoiselle Lenormand, luego Rossini y Alfred de Musset. Tomada por el juego de los encuentros, bifurcó sobre la izquierda en lo alto de las escaleras, yendo hacia Bizet y Enesco. Los peldaños aún y, Raymond Radiguet la recibía. Por el otro lado, cerca del cruce Grand Nord, fueron Grétry, Méhul, Pleyel, Chopin, Cherubini y Bellini quienes despertaron en ella una pizca de recuerdos de vidas previas. Se echó sobre una losa, habría querido quedarse allí, acostada sobre el mármol blanco, rodeada por los acentos que antes la habían arrullado, pero la mordedura del frío la había empujado a partir. Había recogido una rama de boj que crecía cerca de una cruz. Entrando por el bulevar de Magenta, estaba en la hora para asistir a la misa las siete y media.

Su botín protegido bajo su chaqueta, había deambulado por la red de las pequeñas calles. De paso delante de las galerías Lafayette, fue captada por la profusión de las iluminaciones. Un negociante de castañas le había regalado un cucurucho de castañas asadas que había probado admirando las guirnaldas encendidas. Fue entonces que había decidido decorar su morada.

Sylvia encierra la ventana con tablas, tapa bien las hendiduras con trapos. Saca de su bolsillo su caja de fósforos, se dirige hacia el trozo de vela que sabe encontrar en la oscuridad. La pieza se llena de una luz suave que revela las paredes sucias de rastros de salitre, los charcos estancados en el ángulo del costado de la calle sobre los cuales, incansables, las gotas lanzan su tributo. En el techo, de una cicatriz con los labios empajados, chorrea un líquido negruzco a lo largo de un conducto cubierta de yeso roto. Ella no ve nada de todo eso, sobre las tablas ajustadas sirviendo de apoyo a sus tesoros expuestos. Maravillada, Sylvia los examina con un ojo exultante de proprietario. Para cualquier otro, ellos no formarían que un montón de detritos buenos para arrojarlos, para ella eran sus amados, ellos tienen una historia común. El pote de vidrio, donde remoja el boj, viene de la Gare du Nord, del basurero de un Thalys procedente de Bélgica, se recuerda. Él estaba casi lleno cuando hundiendo su brazo, lo había extirpado de la cesta. El plato de porcelana es un presente de la calle Mouffetard, una noche de lluvia. La taza, el cubilete, la garrafa, todos le hablan una lengua descifrada sólo ella, le dicen palabras que solo ella ha de escuchar. Pero esta noche escucha apenas a los amigos de siempre. Aquél que la emociona más y exige toda su atención, es el árbol pequeño que fabricó de residuos de follaje plantados en un cubo de arena. Colgó entre las agujas papeles de caramelos, las puntas de bolsas de plástico, papel de aluminio en tirabuzón sobre la corteza. La parte principal de todos estos ornamentos es un Papá Noel, superviviente del arroyo de la calle Monsieur le Prince. Sobre una silla lisiada, su capacho lleno le asegura una parranda que sale de lo ordinario: esta noche ella come en casa, es la cena de Nochebuena. Registra en un montón de trapos al pie de la cama, resaltando una gran tela roja, la desdobla concientemente, la sacude violentamente, se hace un mantel amaranto que drapea suntuosamente. Los pliegues caen a tierra, emanando un aspecto de antiguedad.

De un bolso, saca un pan entero, una lata de cassoulets con una etiqueta abigarrada. Para postre, un flan de caramelo en una barquilla de plástico de color pálido.

Se sienta sobre el taburete cojo, agarrota el cassoulets en el hueco de su codo, tira la lengüeta de aluminio. La tapa se despega, se curva, se separa sin problema. Acerca a su nariz las judías blancas, respira profundamente, inhala con voluptuosidad el olor cocinado, hunde su tenedor en la masa endurecida, inspeccionando vigilante los componentes, clasifica los pedazos de tocino microscópicos, la salchicha, que alínea sobre el borde de su plato, guardándolos para el final. Con la ayuda de su cuchara, raspa el fondo de la lata, recupera hasta la más insignificante partícula de congelado. Lista para nivelarse, examina con circunspección la montón gelatina ante ella.

Un roce fisgón cerca de la puerta. Su corazón da un salto, se enloquece. Lo irreversible es revertido. Dupont está allí detrás de la madera. Abre desmesuradamente los párpados hasta hacerse daño, intenta hacer retroceder la penumbra. Su pecho se paraliza, deja de respirar. Nada más. Habrá soñado. Triste repentinamente, a pesar del banquete preparado ante ella, se asombra de de la esperanza que la escolta más allá de la muerte, la hace tambalear a la menor señal, la conduce en locos pensamientos. De nuevo una frotación discreta persiste. Vuelve lentamente la cabeza, diquela el negro de cada recoveco. Arriba de un tablón, en la opacidad absoluta de la noche, dos puntos enrojecidos la miden descaradamente, la examina desde su incandescencia impudente. Aliviada, se pone a comer. Un bienestar acude en grandes olas incesantes, le devuelve un calor benéfico. Tiene deseo de reir, de llorar. No estará sola esta noche.

E la nave va

La mirada perdida en el fondo lechoso
jaspeado de lapis-lazuli, de jade y de zafiro
de la estela, la silueta acecha las marsopas
reidoras saltando fuera de la espuma para
saludarla. Sus pensamientos flotan lejos,
encuadradas por los limoneros y los naranjos
que acarician los arabescos en hierro forjado
con su follaje vidriado que albergan frutas
prometedoras de futuras delicias azucaradas.
Los grillos infatigables rasgan la noche, se
interpelan violentamente de una muralla a la
otra. Por momento, cesan bruscamente su

estruendo sin razón aparente, el silencio deja entonces lugar a un alboroto que ellos reanudan cada vez más algunos instantes más tarde. Su ardor no es igual que el de las cigarras que los reemplazan a las más tímidas luces del alba que pulen de nácar y moaré plateado la esmeralda de la mar lánguida en la ensenada de la bahía, donde los guijarros, agotados de sus locas excursiones, son arrojados mecidos por la malaquita en fusión. Al pie de la iglesia rechoncha, yacen las lápidas de los antepasados, último descanso de los niños del país. Las paredes de mármol reflejan de luz, espejos lactescentes de los cristales de piedras donde nadie se refleja y donde todos se encuentran.

Algunos tejados de tejas redondas se ocultan en los verdores, como naranjas moras en árboles gigantes. Cactus infernales bordean

las avenidas sinuantes, encerrando los postes
eléctricos de sus palmas inmensas. Otras, con
ramas frondosas, se pierden en borde del
camino, se agrupan en embriaguez en las
zanjas vivarachas que arrastran alegremente
fuentes infieles que se lanzan sin oprobio
sobre el suelo bebedor. Las higueras, sus
dedos ampliamente apartados, indican el
camino, ofreciendo sus bolsas llenas de
limosna a los transeúntes.

Mientras que en los aires, pasmadas, las
golondrinas cazando, piruetean al cenit,
sorben las libélulas en los meandros de brisas
tibias, las buganvillas en flor asaltan los
tejados, rivalizan de vitalidad con las
clemátides índigo y la madreselva que brilla,
desprende su fragancia ablandada en el calor
naciente.

La mar después de algunos días de furia bajo

la influencia de la luna llena y de un terremoto conjugados, se ha calmado un poco. Solas, las olas espumosas mezclando con estruendo los guijarros sobrecargados por milenios de balanceo, recuerdan el tumultoso pasado por su victorioso penacho. Los chorros pálidos se estrellan sobre la playa arenosa, salpicando de arco iris y rocío del mar a los bañistas echados en ofrenda al sol sobre sus lechos multicolores. Por un instante, una espuma burbujeante encubre las miradas inquisidoras las gravas mezcladas sin pudor al agua repentinamente enturbiada. Todo se funde en un remolino jugador.

Los sonidos sibilantes lánguidos divulgan detrás de ellos las chicharras agudas de las piedras arrastradas sin piedad hacia la resaca amarga que se precipita, desenvuelta, el bruñido quejumbroso de las ondas percutidas por su soplo poderoso. Los rodillos infalibles repiten su maniobra donde, sin embargo, se revelan, las modulaciones ciertas al oído y a la oreja persistente. Las barcas de pescadores saltan al extremo de su ronzal, a veces disimuladas por una ola rompiendo, ellas reaparecen triunfantes en la cresta de una cima furtiva, acosando en el viento que silba su furia.

Yendo a lo largo de la playa arenosa, ella siente la potencia de la mar devenida de acero, de mercurio, de plata, revelando su violencia y su fuerza latente, en estos signos precursores susceptibles de ser estragos.

Las máquinas se han muerto. Dimitri hizo lanzar el ancla. La explosión ahogada de un corcho de champaña la deja indiferente. Ella se desliza en la transparencia azulada. Pescados curiosos zigzaguean bruscamente,

vienen a explorarla, besar sus dedos del pie
con las uñas cinceladas. Pequeños submarinos
ahusados, adornados con colores a veces
brillantes y suaves, se unen alegremente en
los bailes vivos de pureza en su dinámica
petulante. Giran perezosos para desaparecer
repentinamente asustados, rayando la onda de
sus estrías doradas. Con su espanto calmado,
vuelven de nuevo a contornear las pantorrillas
nadadoras, arriesgándose fanfarones a
escabrosas zambullidas. María feliz los espía,
ellos son libres. Con algunas brazadas
vigorosas, remonta hacia el reflejo de la
superficie, agarra la escala, pone pie sobre el
primer barrote, sube los peldaños, atrapa la
toalla anudada a la borda por una mano atenta.
Refrescada, se extiende al sol bien que ella
sepa que será dañino para su voz, al igual que

esta ociosidad a la cual se dedica sin
remordimiento desde hace varios meses.
Siente sobre la piel el color de su sombra
antes que él no la cubra de su calor. Su mano
acaricia su cuello, desciende sobre el hombro,
su pie roza su tobillo. Sus dedos a los gestos
lentos exacerban su expectativa. Haciendo
deslizarse uno a uno los finos tirantes sobre
sus brazos, él la desnuda hasta la cintura. Sus
labios se pierden sobre su boca para correrse
hacia su oreja. Susurra su nombre, la muerde
suave, impacientemente. Sus caricias se hacen
más precisas, su boca aspira la flor de sus
senos, sus manos expertas se apresuran,
arrancan el traje de baño, luego de nuevo se
hacen suaves, iniciando en alternancia ondas
de dolor y delicias, discretas al principio,
violentas al final. Mar de fondo la sumergen,
llevándola en su galope tembloroso. Su lengua

sedosa explora delicadamente su intimidad.

Abrazada, asfixiada por su calor, ella lo atrae

con fuerza al hueco de sus riñones arqueados

de goce. Estalla de sentirlo en ella. Sus

enmarañados miembros, sucumben en la

misma pasión, rodándolos frenéticamente en

la marejada del placer. Vencidos de amor,

emergen dolientes del limbo de su

embriaguez. Se enrroscó sosegada en el

capullo de sus brazos.

Con Dimitri, ella es mujer sobre todo. Ya no

practica más que raramente sus gamas. Los

días se estiran perezosos, sin incitarla a

vocalizar. Pero esta mañana ha cantado,

Dimitri contaba con ella para distraer a sus

invitados. En lugar de ofrecerles fuegos de

artificio como lo acostumbraba, hizo celebrar

una gran misa en el pueblo de Loggos donde

ella desempeñó el papel de sacerdotisa. A

pesar de lo incongruente de su petición, ella había accedido poniendole sólo una condición: pasar el día de Navidad los dos, solos en la mar, lejos de todos.

E la nave va.

Feliz Navidad

Los párpados vibran brevemente bajo la claridad lancinante. Al mismo instante el diagrama en dientes de sierra se acusan en puntas sonoras sobre la pantalla de vidrio encendido. Un rostro examina sobre la cara exangüe. Manos esmeradas, precisas, competentes atienden solícitamente. Un carro presenta sobre una toalla sin bordado, sin adorno, los instrumentos de tortura en acero fundido. Una jeringa traspasa una vena pálida. Un gemido triste, apenas audible, se escapa de los labios agrietados, blanqueados. Joël lucha

con todas sus fuerzas para alcanzar la luz,
escaparse a la noche.

Se debate contra la náusea que lo ataca a cada
sorbo de agua, levantándole el torso en
espasmos sofocantes a cada comprimido. Se
niega a sucumbir al dolor violento,
implacable, inexpugnable que le sacude las
entrañas. Controla el sufrimiento cada vez
más penosamente, su estómago se
descompone, acusa un alto al corazón más
virulento, forzándolo a jadear
precipitadamente. El gusto amargo de los
tabletas, infernal, inmola sus papilas, se
ampara de sus sentidos, su olfato, le repugna,
le asalta. Sus dientes rechinan, estallan en su
cerebro en fusión, se entrechocan y
castañetean de las inepcias inextricables en el
desbarajuste de los refunfuños enligados de
saliva y respiración limitada. Sus dedos se

crispan sobre el vaso de agua que bebe de un trago. El líquido le asquea, desencadena una serie de hipos vomitivos, sacándole las lágrimas a los ojos. Una viscosidad repulsiva llena su boca semicerrada, salta, humillante, desgradante.

Envilecido, pierde conciencia rodeado de su mancha.

Una mano suave le palpa. Murmullos llegan a su limbo empañados. Una luz brumosa filtra sombras bajo sus pestañas.

Los mismos perfiles, cada noche, ceñidos en sus abrigos sobre las aceras iluminadas para las fiestas. Los mismos rostros cretáceos, sin sonreir, sin palabra, sin mirada. Los cruza todos los días durante sus paseos solitarios. No hay un buenos días. Intenta. El aire afable, se acerca, los saluda. Huraños, ellos lo fijan, se ocultan. Amedrentados, se escapan. ¡Que

un desconocido les hable les desconcierta! A
veces, él grita en medio de la calzada.

Molestos, desvían los ojos, prefieren no verlo,
al menos pretenderlo. Los conoce. Le gustan.
Son ellos. Estancados en los meandros de
pesares inconfesables, de deseos corrompidos,
ellos no lo quieren. Los observa. Se observa.
¿Dónde está la diferencia? Permanece sin
comprender. Sus ropas limpias. Recién
afeitado. Ocupado de su persona. Evitan la
mano estirada.

Una palma se coloca sobre su frente. Levanta
las mechas pegajosas. El tacto de los dedos
frescos le procura bienestar. Bate las pestañas,
hecho no de la cabeza, rechaza el choque, el
instante de verdad. Se le habla distintamente,
lo invita a beber.

Beber, no puede. Nunca le ha gustado la
amistad creada cerca de las barras, el alcohol

que teje en torno a los asiduos un complot de convivencia que desaparece al contacto de la calle. Nunca frecuenta los cafés, las risas ruidosas, las músicas chillonas, los mozos afables o abyectos, las bromas jocosos, el humo, el terciado. Los rituales del aperitivo y del blanquito le son extraños tanto como las pullas del mercado donde apenas permanece. Esta gente que grita cosas incongruentes sobre las hileras de los puestos lo espanta. El es presa del pánico con la idea que una de las palabras podría fallar su trayectoria y caerle sobre la cabeza. Allí hay amarillos que silban alegremente, rojos que sumban, negros que gruñen, de los verdes que rebotan sobre los postes, se estrellan sobre los caballetes, a veces los blancos rebolotean sobre una respiración, pero tiene una predilección por los azules que se propulsan en espiral, decantando volutas en el aire vivo matinal.

Nada por otra parte, las palabras no forman tal zarabanda saqueada.

Se le levanta bajo la nuca, remonta sus almohadas. Querría de nuevo sumergirse en el sueño, que lo dejen tranquilo. Le calzan en sus dedos un objeto, presiona los botones de la caja.

En el lodo ensuciado por la nieve fundida, cientos de personas avanzan, mujeres y niños sobre todo. Doblando bajo cargas informes, ellos progresan pesadamente, paso a paso, en el silencio en una larga fila inteminable. Chapoteando en el barro, van sobre la camino oscuro, se aceleran hacia un cenagal más deplorable aún que aquel que acaban de dejar. Dominando la columna de refugiados, los oficiales de la paz abrigados en los tanques los supervisan, dirigiendo en su dirección la punta del fusil. De la cumbre inmaculada de la colina vecina, un monstruo alado surge, escupe relámpagos de fuego. La crepitación de su vuelo resuena en staccato de terror en el valle. Cuerpos se desploman. Gritos, llantos, rezos se levantan hacia el dragón de acero. Sordo a los lamentos, él zumba hacia el horizonte. Las ametralladoras entran en acción, agrupando su amenaza y sus balas, los seres dispersados. El desfile se vuelve a poner en marcha, lleva a sus muertos y a sus heridos. Sobre la nieve, estrellas avinadas testimonean su paso.

Joël oculta la cara en su brazo doblado. Agotado, sublebado, destrozado de espanto, se sobresalta nerviosamente. Separa su codo. Vencido, abre los ojos. Un ángel todo vestido de blanco le sonrie.

-"Feliz Navidad"

-"Feliz Navidad." responde automáticamente. Suavemente, muy suavemente, llora como un niño pequeño.

Primer día de Navidad

Incrédula, diviso los platos descoloridos. En medio, insolentes, se pavonean los tomates pelados. Intrigada, no veo mas que a ellos, presunciones ardientes
cercadas de oro, sobre la porcelana opalina. Aprieto las manos, ausente, los nombres revolotean en torno a mi sin inscribirse sobre las caras amistosas. El primer contacto con la familia de mi marido, reunida por completo alrededor de la mesa decorada a las dos extremidades por una planta miniatura con las hojas ladrillo oscuro en forma de estrella, coincide con la Cena de Navidad. No estamos

de ninguna manera retrasados y, sin embargo todas las caras se vuelven a nuestro acceso, parecen ofuscados bajo la sonrisa enarbolada, llenos de un reproche no formulado. Aparentemente, habríamos debido venir antes, beber juntos la enevitable taza de café, que en los Países Bajos, tiene lugar de aperitivo, ¡pero preferimos pasar este preliminar agotador!. Mi suegra me presiona que me siente rápidamente, entre una gran mujer de cabellera rubia tupida, suelta sobre los hombros y mi suegro que preside. Mi esposo se me enfrenta, a la derecha de su padre. Una de las hijas de la casa ayuda a la madre, aporta varios platos de plata cuya tapa me encubre el contenido.

A través de las vidrieras del salón, el pino iluminado clama que es fiesta, pero mañana lo será igualmente en la medida en que hay dos días de Navidad, el primero consagrado a la familia, el segundo a los amigos. Por el contrario ninguna tradición de cena de Nochebuena, no conmemoran el nacimiento de Cristo o el advenimiento de San Silvestre. A Chris incumbe la tarea de servir la bebida. Estando casado con una francesa, debe ser un experto. ¡Que se trate de un Riesling no hace más que añadir prestigio a la aureola! En su desnudez frágil, los tomates no me quitan los ojos de encima. Cada uno vierte sus conocimientos sobre los distintos vinos de Francia. Por cortesía para conmigo, la discusión sobre sus propiedades respectivas, se desarrolla en francés. Me gusta cuando los holandeses hablan mi lengua, pausadamente, buscando sus palabras con delicadeza, empleando su sentido innato de la lengua, construyen frases semánticamente correctas, cuya exactitud sintáctica me encanta. Eso que ellos dicen es completamente sin importancia, pero la manera de exprimirlo, de una coherencia manipuladora alegre, recibe toda mi admiración.

Horrorizada, observo a mi suegro coger de un azucarero, triturar generosamente su tomate, imitado por otros invitados. Busco desesperadamente con los ojos los saleros que aún no hacen su aparición entre la plateria, la porcelana y los cristales. A mi mayor angustia me percato de la deserción de mi marido, habitualmente apasionado de platos franceses, inspirarse en sus padres, hacer picadillos el fruto de los aztecas, comerlo con delicia con la cuchara pequeña como un entremés suculento. Nadie presta atención a mi plato, casco la solanácea naturaleza, maldiciendo a los ignorantes de la vinagreta. La ayuda

doméstica está ausente, la hermana menor
asegura el servicio, cambia los cubiertos,
recoge la porcelana sanguinolienta.

- "En tu honor, hacemos una comida a la
francesa, es por eso que teníamos un entremés
antes de la sopa." Permanezco confundida, sin
réplica. Adivino en un líquido pálido,
insípido, sin gusto reconocido, el consomé de
esparragos a la holandesa, presentado
lujosamente en las soperas de plata.
Directamente de la cocina, traídos servidos
sobre un solo y mismo plato, una tajada de
asado de cerdo acompañado con patatas
saltadas, coles de Bruselas, y compota.
Escucho con mucho gusto a mi familia
política platicar sobre las recetas. El Holandés
a su manera es gastrónomo, aunque
personalmente estimo sus alimentos
equilibrados generalmente entre la

consistencia de un pequeño pote para bebé y la comida de un perro. Mi opinión una vez más se refuerza en esta comida donde los invitados aplastan sin perdón sus verduras con el tenedor mezclándolos cuidadosamente a las patatas reducida a puré y a su carne sutilmente cortada en pedazos. Transforman todo en una sopa de pan untuosa, rociándola copiosamente de un jugo graso por lo que las salseras se llenan hasta el borde y, la coronan de un andamio de verduras crudas a la mayonesa.

Mi suegro, un profesor universitario emérito, sostiene la conversación sobre el arte culinario, permanece compartido entre su preocupación de no disgustarme totalmente y su inclinación personal. Hace una excepción evidente a su manera habitual de proceder. Su carne sigue estando intacta junto al puré de

coles de Bruselas y manzanas saltadas. Se
compromete en una descripción detallada de
los platos excepcionales a los cuales había
sido invitado durante sus numerosos viajes.
Serpiente asada a las brasas del Sahara, sopa
de ojo de mono de Malasia, cojones de chivo
esbozados del desierto del Gobi, saltamontes
asados de Tanzania, es inagotable. Mascando
distraidamente lo escucho cortesmente. Su
francés es perfecto, su elocución elegante, la
elección de sus palabras precisas. Dice con
una facundia que divierte, mezcla una visión
personal a los hechos indiscutiblemente
verdaderos, elabora minuciosamente las
historias espirituales, encanta a su audiencia.
Cedió a todas las costumbres para no ofender
a sus huéspedes. Bajo el encantamiento de
sus palabras, la moral traspasa apenas
disfrazada. Yo quiero pero mis papilas

gustativas se rebelan a fárragos sobre los platos.

Reúno mis pensamientos. La col-roja, cocinada en melaza informe, incolora, ácido del chorrillo de vinagre indispensable, adornado de morcilla en tajadas tan grandes como las de la mortadela, la escarola cortada finamente mezclada al puré, el choucroute aplastado con las patatas hervidas, la margarina que sustituye a la mantequilla sobre tostadas cuadradas de miga suave sin corteza, forman también parte de un exotismo espectacular a solamente dos pasos de él, pero invisible debido a su proximidad. Al igual que esta comida que se acaba brutalmente sin queso, sin postre sobre un mantel sin mancha, virginal, sin rastro orgiástico, sin vida.

X Mas

Los clamores de la calle se repercuren en torno ella sin alcanzarla. Ligero, el ronroneo apagado de la limusina le llega. Los cristales ahumados la protegen de las miradas curiosas sin indisponerla. En el aeropuerto, los empleados se interpelaban alegremente. Cada viajero tenía derecho a un "Merry Christmas" usado como suplemento del tampón oficial sobre su pasaporte.A la salida de la aduana, el árbol gigante le decía que era Navidad. El espectáculo familiar de los transeúntes desconocidos distrae su impaciencia. Algunos minutos aún, ella estará en Manhattan.

La nieve ha invadido el parque donde los troncos desnudados llevan lejos la mirada. El Hudson lanza sus fuegos, costea pacientemente la ribera recortado en el hielo. A esta hora matinal, sus costados vírgenes de todo rastro, albergan solamente los esqueletos del invierno. Arrendajos abigarrados se agitan en las ramas, manchando de azul y herrumbre la alfombra blanca acumulada a sus pies.

Él enciende las velas,desplaza un candelabro, vacila cerca de la cafetera. En dos o tres minutos, ella estará allí.

Cruzan el puente Brooklyn. El conductor dirige con destreza el pesado vehículo en la circulación. Conoce su manía de remontar siempre por el City Hall, Bleecker Street Greenwich, Chelsea para retomar el West Side. Respeta su manera de reanudar contacto con la ciudad, de saborear silenciosamente el retorno, los reencuentros. En el tiempo, a ella le gustaba pasar por Broadway, la Quinta Avenida, cruzar el parque, pero habían inaugurado un nuevo trayecto para evitarle los recuerdos desagradables desde el accidente. Ella no puede impedirse mirar de soslayo los arbustos, sin embargo invisibles. La angustia la hunde en el cuero de los cojines, la encierra en un ensordecimiento oscuro. Los latidos de su corazón le impiden respirar.Prosternada en el hervor de la sangre que ruge en sus oídos, la nariz   apretada, ella sube esta mano que la obliga a aflojar sus mandíbulas crispadas, esta otra que rasga su jersey mientras que una rodilla sin gracia le adhiere los riñones a tierra. Impotente aspira por la nariz, mezcla su moco a las lágrimas de despecho, rabia y terror. Grita bajo la mano que la amordaza, grita bajo el puño que golpea sus sienes, grita bajo las unas que laceran sus senos. El

impacto de las injurias indecentes la hiere más

que los golpes. El líquido caliente y pegajoso

le quema la garganta, los labios. Trastornada

por el miedo, la vergüenza, sale de la maleza,

los brazos aprisionados sobre el cuerpo.

Instintivamente, echa su capa en torno ella.

La nieve sobre las aceras está intacta. En un

apartamento del Riverside Drive, un árbol de

Navidad gigante se desploma bajo las bolas.

El verde potente tamizado de rojo, el azul

estalla bajo las guirnaldas de oro, de plata.

Lámparas multicolores parpadean con

intermitencia, alternadas por grandes estrellas

blancas generosamente dispuestas. En la base,

un muñeco de nieve vela sobre un montón de

paquetes envueltos en papeles rutilantes.

Algunos exhiben cintas bien planchadas, otros

balduques grandes como coles combinadas a

su favor. Galones vivos jalonados de brillanteces rodean los más pequeños.

Él examina la montaña de regalos una última vez.Ávidos de celebrar su regreso, todos sus amigos han vinido a aportar sus presentes de bienvenida.Ella regresa de un largo viaje. Él la espera.

Embuida en el delta fangoso de sus recuerdos de pesadilla, sus pensamientos dilatados por el suplicio de su memoria acerba, rebelada, tiembla en el calor acogedor. El silencio está sin llamada, sin esperanza. Esto no será más Navidad.

Índice

Imprimido por CreateSpace

Depósito légal : Noviembre 2015